V H M
‾ ‾ ‾

Contos de cães
e maus lobos

# Valter
# Hugo
# Mãe

BIBLIOTECA AZUL

© 2019 Valter Hugo Mãe e Porto Editora
© 2019, by Editora Globo S.A.

Todos os direitos reservados. Nenhuma parte desta edição pode ser utilizada ou reproduzida – em qualquer meio ou forma, seja mecânico ou eletrônico, fotocópia, gravação etc. – nem apropriada ou estocada em sistema de banco de dados, sem a expressa autorização da editora.

Por decisão do autor, esta edição mantém a grafia do texto original e não segue o Acordo Ortográfico de Língua Portuguesa (Decreto Legislativo nº 54, de 1995). Este livro não pode ser vendido em Portugal.

EDITORES RESPONSÁVEIS Erika Nogueira Vieira e Lucas de Sena Lima
EDITORA ASSISTENTE Luisa Tieppo
ASSISTENTE EDITORAL Lara Berruezo
PREPARAÇÃO Huendel Viana
REVISÃO Amanda Zampieri
PROJETO GRÁFICO E CAPA Bloco Gráfico
ILUSTRAÇÕES Alex Cerveny

---

CIP-BRASIL. CATALOGAÇÃO NA PUBLICAÇÃO
SINDICATO NACIONAL DOS EDITORES DE LIVROS, RJ

M16c
Mãe, Valter Hugo [1972- ]
Contos de cães e maus lobos: Valter Hugo Mãe
1ª ed. – Rio de Janeiro: Biblioteca Azul, 2018

ISBN 9788525066831
1. Contos portugueses. I. Título.
19-55381                              CDD: P869.3

CDU: 82-34(469)

---

Bibliotecária – Leandra Felix da Cruz CRB-7/6135

1ª edição, 2019 - 2ª reimpressão, 2022

Direitos exclusivos de edição em língua portuguesa, para o Brasil, adquiridos por
Editora Globo S.A.
Rua Marquês de Pombal, 25
Rio de Janeiro - RJ – 20230-240
www.globolivros.com.br

9
Um pequeno prefácio
para contos gigantes
Mia Couto

15
A menina que
carregava bocadinhos

25
O menino de água

29
Querido monstro

37
A princesa com
alma de galinha

49
O rosto

57
O rapaz que
habitava os livros

63
Modo de amar

65
O mau lobo

71
Quatro velhos

79
Nossa Senhora
de Vila do Conde

83
Bibliotecas

89
Nota do autor

## Um pequeno prefácio
## para contos gigantes

Há anos, numa visita a Portugal, conheci Valter. Foi um encontro fugaz, nas margens de uma conferência. Ficou-me, desse breve encontro, o sentimento que ali estava alguém que se servia da timidez como um garimpeiro se serve do escuro. A partir desse acanhamento, Valter espreitava os mundos que há no mundo, as mil humanidades que há dentro de cada um de nós. Anos depois, essa inicial impressão confirmou-se ao ler os seus livros. Ali estava a colheita desse olhar perscrutador, dessa atenta escuta que não ficava pelas vozes mas buscava as infinitas histórias em que a vida se eterniza.

Há na escrita de Valter Hugo Mãe algo que nos desconcerta e nos fragiliza. José Saramago percebeu e celebrou esse talento do escritor. Tal como nos livros anteriores, há nesta antologia de contos o convite ao regresso a um recanto de que nunca saímos, um reencantamento de infância, uma cumplicidade de quem partilha vazios e silêncios. Há nas suas histórias um redesenhar de fronteiras entre mundos, um gentil sismo na nossa condição de leitores de livros e do universo. A intenção de usar o livro como "máquina de fazer sentir" já tinha sido anunciada por Valter. Nestas histórias, essa máquina opera dentro de nós sem outro material que não seja um modo de nos deslocarmos por dentro, um modo de nos descentrarmos e estarmos disponíveis a sermos outros.

Está nestes contos aquilo que está em toda a sua obra: o questionar das nossas certezas mais fundas, uma visita às profundezas da alma. A escrita de Valter sugere, a todo o momento, que os outros somos nós mesmos. Como o rapaz que habitava os livros, nós passamos a encontrar uma luz interior num acto de revelação que se diz nocturno. Inverte-se então a relação entre a criatura e o criador: somos nós que somos lidos. E é por isso que estes contos, mais do que gigantescos, não têm tamanho.

**Mia Couto**
Moçambique, 2015

Este livro é dedicado à Mónica Magalhães

*Pássaros criados em gaiolas acreditam
que voar é uma doença.*

Alejandro Jodorowsky

# A menina que carregava bocadinhos

A menina entrou na casa grande com nove anos para trabalhar em troca de sopa e de um colchão estreito. Estava muito salva, diziam-lhe ajuizadamente todas as pessoas. Se não a tomassem como criada teria apenas a miséria por garantia. Naqueles tempos, a pobreza não se curava senão com a piedade de quem podia, e ela acedeu ao seu destino assim pequena, feita de ossos fininhos, uns olhos claros esbugalhados de ansiedade, confusa com palavras educadas que nunca ouvira e deslumbrada com o enfeitado da casa. Pensava: vão engordar-me, vão acalmar-me, vão educar-me as palavras e pôr-me bonita.

Era preciso que tratasse das coisas leves, como as feitas de panos diversos e as de carregar bocadinhos. Andava pela lavandaria, arejava cortinas, engomava folhos de infinitas saias e as camisas brancas ou as calças compridas do patrão. Também levava comida aos cães presos ao fundo do campo, junto do muro mais distante. Os cães latiam ali por qualquer ruído ou presença estranha. Eram seguranças zangados, odiavam intromissões e obedeciam furiosamente aos interesses dos senhores. Nos primeiros dias, os cães odiaram a menina. Depois, aprenderam a amá-la no modo invariavelmente irritado que tinham de existir. Com o tempo, ela haveria de se sentir uma esquisita irmã dos cães, como eles aprisionada e grata, aprisionada e fiel, o que era diferente de ser feliz ou, sequer, entender a felicidade.

A menina cuidava de não se magoar. Escutava as ordens, aligeirava-se, dizia sempre que sim, e trabalhava sem muitas conversas. Achava que as conversas eram modos de aumentar o trabalho, porque ninguém a chamava para discutir a beleza das cores do céu ou quaisquer sonhos de princesa. Escutava ordens e reprimendas, a toda a hora lhe encontravam um desmazelo numa mecha de cabelo, no baço de um sapato, no torto do avental. Entendia que, para fazer parte daquela vida requintada, teria também de arranjar-se num enfeite bastante, para não descombinar com as mobílias ou com as passadeiras aprumadas. Importava que estivesse branca, lavada, para ser uma presença sem susto e sem cheiros na delicadeza que era a vida rica dos seus nobres senhores.

Lentamente, aprendeu a esquecer-se da sua própria família, para não lhe sentir a falta, para não carregar incompletudes. Queria estar inteira, como quem resolve passados e abraça o presente sem hesitações. Era para não guardar medos, não alimentar medos. Construía esquecimentos, pensava ela. Gostava de construir esquecimentos. Tinha uma urgência enorme em dedicar-se às tarefas sem esperar nada. Comia a sopa e ajeitava-se no colchão estreito para descansar e dormir. Se tivesse de esperar, seria apenas isso, a sopa e o descanso mais o sono. Era como lembrar exclusivamente do presente e um pouco do futuro. Lembrava aquilo que a mantinha viva.

Para poupanças, a menina vestia uma farda e recebia peças de roupas velhas que circulavam pelas criadas. Eram roupas das quais a senhora desistia e as criadas usariam para missas de domingo ou raríssimas festas. Um dia, já nos seus quinze anos de idade,

habituada e assim agradecida, sempre muito salva, a menina recebeu da patroa um grande lenço de pescoço incrivelmente sedoso e brilhante que se rasgara numa das pontas. Era um tecido luminoso que quase não obedecia às mãos. Soltava-se dos gestos como uma coisa viva que quisesse caminhar no vento. Era de uma frescura intensa que lhe criava a impressão de mergulhar as mãos na água. A menina, emocionada com ser dona de algo tão puro e belo, foi ver ao sol tamanha oferta e contemplava o quanto transparecia e como o quintal se coava por aquelas cores igual a ter descido sobre o mundo um arco-íris. Assim mesmo conservou o lenço rasgado. Era como um animal ferido que não deixava de ser belo. Ficava dobrado na sua gaveta e acendia-se de cada vez que o buscava e o deitava sobre o corpo, semelhante a um pedaço de água que a abraçasse.

Nessa altura, uma das criadas mais velhas começava a ensinar-lhe a costura, para medir os tecidos longos e fazer-lhes bainhas rigorosas. Era fundamental que se estendessem toalhas novas, imaculadas na sua brancura, para os almoços e jantares de cada dia. Quando estava a família sem visitas, não se punham os bordados, mas nem por isso se asseava uma mesa com qualquer trapo. A pequena criada aprendeu a mexer nas agulhas e nas linhas, aprendeu a coser num traço contínuo, certinho, como se tivesse uma máquina. Remendava e refazia. Aproveitava as tiras que restavam para guardanapos, inventava laços para adornar os cantos. As toalhas corriqueiras da casa grande passaram a ter diferenças, discretamente tornadas mais divertidas, mais bonitas. Toda a gente reparou nisso. Os senhores estavam orgulhosos por terem acolhido aquela criadita. Tinham sido ajuizados na escolha e na instrução que lhe ministraram. Tinham uma casa feliz. Uma casa com a inteligência adequada, era o mesmo que dizer que serviam de boa escola para a vida.

Certo domingo, na luz ainda débil da manhã, antes da missa das sete, a criada assomou ao átrio numa blusa nunca vista. Era quase como apenas uma cor deitada acima de uma roupa interior branca. Uma cor que pairava como um perfume de se ver sobre o seu corpo sempre magro. Amanhecia o domingo de verão e a moça, também corada, parecia parte da luz nascendo. Caminhava timidamente nessa sensação flutuante, líquida. As pessoas espantavam-se, porque as criadas não acediam a um tal requinte. E tanto se espantaram que a patroa veio saber o que se passava, como se houvesse culpa em alguém se mudar para bonito. A moça transformara o velho lenço rasgado. Como quem costura charcos de água, ela criou uma obra perfeita e, ainda que a saia preta sob o avental de serviço a mantivesse a trabalho, quem a encarava julgava ver uma moça com a possibilidade de ser feliz. A patroa, despreparada para a surpresa, ordenou-lhe que fosse embora, que entrasse imediatamente em casa e se arranjasse nas vestes que lhe competiam. Ser bonita estava absolutamente fora das suas competências. Não eram modos para uma criada, e não se fazia festa na missa de domingo. Estava obrigada a ter decoro, a ser discreta. Estava obrigada a ser ninguém. Como se a beleza ou a felicidade fossem indecorosas.

A moça, apressada, obedeceu. Pensou que, remendado, o lenço continuava a ser como um bicho ferido. Sentia, contudo, que o rasgado passara para dentro do seu peito.

Considerou que fora ridícula a sua vontade. Deixara-se entusiasmar pela imaginação e pelos predicados mágicos do lenço. Nunca deveria ter esquecido que lhe competia cumprir tarefas para uma sobrevivência acordada desde os nove anos de idade. Ultrapassara o que se guardara para seu destino. Fora ridícula, de verdade. Fora ingénua como as crianças. Assim se despiu daquela coisa de água e a devolveu à escuridão da gaveta igual a um peixe vazio, sem ar. Coube, depois, novamente na sua camisa de hábito. Ponderou regressar à rua para atender ainda à missa, mas desistiu. Mais valia que fosse adiantar trabalho, para se redimir, para construir o esquecimento e recuperar a calma e a urgente sensação de dignidade.

Na tarde daquele domingo, a patroa mandou a moça para longe, a um recado demorado, e meteu-se no quarto dela à procura do lenço que agora era coisa de se vestir. Nos parcos pertences da criada, encontrou-o em breves segundos. Deitou-lhe um candeeiro por cima para ver melhor, como se pusesse aquilo na mira de um microscópio na banca de um laboratório. Estava incrédula com a ciência da criada. Nem os pontos de costura se notavam. A linha compunha tudo sem se ver. Uns pontos mínimos que mais se assemelhavam a sombras fugidias, improváveis, juntavam as partes. A patroa mexeu e remexeu, algo a incomodava na perfeição daquele trabalho. Costumava deitar fora as roupas sem serventia, estragadas, imprestáveis para uma senhora de prestígio, não podia esperar que um lenço rasgado pudesse ser refeito noutra obra mais impressionante ainda. Era como transformar uma matéria morta noutra presença quase falante. Algo absurdo que conferia um talento insuportável a uma criada tão jovem. Queria dizer, uma inteligência insuportável a uma criada. A senhora achava que as criadas deviam ter uma inteligência reservada, manifesta no cuidado da casa e no bem-estar essencial dos patrões. Eram para ser espertas e íntimas. Como pessoas íntimas, quase secretas de quem a comunidade lá fora não escutasse nada. Fechou a gaveta com a sensação de trancar uma caixa de pólen. A senhora não sabia o que fazer e, por isso, não fez nada. Apertou o rosto. Desgostava de tudo. Estava refilona e cheia de encomendas. Cobiçou ser ainda mais bela e andar ainda mais bem vestida. Considerou que aproveitaria cuidadosamente para si mesma a benesse de lhe ter aparecido tão requintada costureira.

Disseram-lhe para carregar bocadinhos de terra. Mudavam-se os vasos e plantavam-se melhores ideias, explicaram assim. Ajardinavam. A criada então fazia. Escadas acima e abaixo, com dois baldes de terra limpa que escolhia ao lado das hortas, obedecia já sem tristezas, apenas a força de sempre. Durante as conversas esparsas, comentavam as mulheres acerca do que acontecera. Achavam uma arrogância que a moça quisesse sair à rua vestida de rica. Era como querer os sonhos dos outros, era como enganar os outros. Quem a visse provavelmente haveria de julgá-la herdeira e cheia de instrução quando, na verdade, mal sabia ler e vivia da paciência de piedosas almas. A criada, suja de terra e sempre a trabalhar, ia e vinha entre as palavras que se diziam e escondiam. Fazia de conta que não lhe respeitavam, para não se sentir obrigada a elucidar ninguém sobre o que lhe passara pela cabeça. De todo o modo, não era nada complicado de entender. Talvez quisesse ser um pouco bonita, nem que apenas aos domingos, para a missa, como quem interpreta um teatro, como quem representa o que não é e pede a felicidade emprestada. Como se, por uns breves instantes, a vida dos trabalhadores fosse coisa diversa e tivesse passeio ou amor.

Quando a criada estava quase nos dezoito anos de idade, o corpo inteiro de mulher e um brilho nos olhos que era glória da saúde, achavam as colegas que mais valia que fosse dada de casamento a um qualquer. A patroa, que havia muito a punha de costureira para as suas vaidades, a cuidar de uma infinidade de folhos como quebra-cabeças derramados pelo corpo abaixo, não queria abdicar de criada alguma. As criadas eram investimentos demorados e não se podiam jogar porta fora por caprichos, sem boa ponderação. A costureira, invariavelmente frágil, valia para minudências que marcavam a nobreza dos senhores. Era bom que não tivesse amores nem soubesse nada acerca disso. No entanto, à revelia da prudência, lá apareceu pela casa grande um rapaz a entregas esporádicas que olhava para a criada com alguma lentidão. À passagem da criada, o rapaz devagava. Suspendia-se até no fôlego, via encantado, alegrava-se e sofria ao mesmo tempo. A moça, por seu lado, mantinha o discreto brio, escapulindo-se de imediato, correndo às refeições dos cães. Por vezes, ali ficando um bom bocado. Não era que discutisse a sua vida com os cães, porque não discutia a vida, mas fugia porque lhe dava um medo estranho a partir dos sentimentos. Estava esclarecida acerca do perigo interior, como dizia para si mesma, o que advinha de vontades que não podia ou não sabia controlar. Os cães refilavam, que era maneira de expressarem cada coisa, desde o amor à aflição. Talvez pressentissem na moça uma dúvida qualquer. A moça, sem querer, carregava aos bocadinhos o amor para dentro de cada gesto, como quem se movia para um único objectivo. De tudo quanto alguma vez carregara, o amor era o mais difícil de segurar.

O amor nascia-lhe só de existir alguém. Era o mais genuíno e limpo dos sentimentos.

A senhora, proprietária e desagradada, ordenou que o rapaz não voltasse àquela casa. Haveriam as entregas de ser feitas por um velho que já não observasse mulheres nem estivesse ainda dotado de deslumbres. A criada, que queria achar nisso uma decisão justa, distraía-se. Começava a magoar-se com as agulhas. Não reparava no que fazia, furava os dedos, chorava de dor. Corria para os cães, frustrada e sem se entender. Comia menos, dormia menos, estava igual a emburrecida, estragada, adoentada, malcriada. A criada andava desnorteada e ninguém lhe mostrava orientação que bastasse. Passavam o boato de que a moça sucumbira de bem-querença. O pouco que vira o rapaz das entregas muito lhe servira de carinho. A moça devagava também, a pensar para longe como um animal enjaulado que apenas concebe o caminho livre.

No domingo seguinte, antes da missa, naquela luz nascente, a criada vestiu a sua blusa de princesa e soltou os cães que se puseram em reboliço e latindo. Quem estava no átrio, à espera que todos se reunissem para seguirem até à igreja, viu a moça passar como uma coisa ardendo e os cães sempre rosnando em torno dela. Desapareceu para o emaranhado das árvores, justamente para o lado em que ficaria a casa dos seus pais. Julgaram, as cabeças estupefactas, que no matagal se daria um incêndio. Mas nunca mais viram ou ouviram falar da moça. A liberdade também era isso, não voltar. O amor existia em todas as direcções. Ela pressentia isso. Que o amor estava para lá de qualquer direcção.

# O menino de água

O menino nadou para depois de uma onda grande e não voltou. A mãe estendeu as mãos na água buscando o seu corpo diluído. Julgava ela que o filho se diluíra como um cubo de açúcar incapaz de adocicar o mar. Jurou que o buscaria sempre. Haveria de o reconhecer nem que ele se tornasse ínfimo. Saberia dele escondido na mais insignificante gota de água. Jurava. Se o seu menino estivesse por perto, ela nunca o ignoraria.

Nadou ao fim do mar, à boca dos tubarões, dentro do vazio das baleias, sob as barrigas cegas dos barcos, no pensamento dos peixes e nas suas costas, entre as areias, atrás das pedras e debaixo. Buscou na cintilação quando a luz entrava água adentro fazendo de tudo um cristal gigante, podia ser que o filho fosse agora uma estrela e só soubesse brilhar. A mãe olhava o brilho como se o brilho a estivesse também a observar. Esperava e, de todo o modo, ficaria para sempre a esperar.

Nunca secava o corpo porque a água era agora o seu menino. Molhava-se, estendia as mãos em redor como radares aflitos por um abraço e imaginava que a criança fazia as ondas. Talvez as ondas fossem um modo de falar.

E ela ondulava. Sentia as marés como a respiração do mundo a caminho. Sentia que o tempo todo era deslocação e viagem. Era como sabia que a demora lhe criava uma distância insuportável, como se o planeta inteiro fosse constantemente para outro lugar. Como se o planeta inteiro estivesse a ir embora e ela precisasse de agir com urgência.

Ela também achava que o seu corpo a secar era uma partida contínua do filho. Quando sentia a roupa e a pele seca, dizia: partiu. Como se o filho levantasse do colo. De dormir no seu peito, como era costume. O menino evaporava talvez para observar as coisas desde as nuvens. A mãe ficava sozinha. Fechava-se em casa a recordar.

Pensava que o corpo do mar era o corpo do filho, sem distinção. O amargo do sal nunca a enganaria perante a falta dos beijos, a nostalgia dos beijos e a delicadeza da sua criança. Ela nadava dentro do filho. Era por causa disso que se estendia e só então acalmava.

Uma vez, a mãe encheu de água um enorme jarro que levou para casa sem entornar. Fitou-o perplexa. Resplandecia na luz da tarde igual a uma lâmpada líquida ou a uma estrela guardada. Cuidadosamente, abraçou o jarro e longamente o acarinhou. Era então um lugar do seu filho. Depois, a mãe afundou um soldadinho para que a água pudesse brincar. Ela disse: brinca, filho. A água aquietou-se. Talvez o menino apenas brilhasse para brincar.

A cada dia, assim repetiu até que a casa inteira fosse o mar. Um mar em vidros puros, transparentes, através dos quais ela o vigiava e expunha ao sol. Afundava lobos e carrinhos de corrida, super-heróis e dinossauros. Flutuava neles barquinhos de papel e afundava mais soldadinhos. Um exército de brinquedos que, na transparência dos vidros, também esperava. E a mãe perscrutava o bulício das águas ou a maior cintilação para saber se o seu menino estava a comunicar.

Circulava igualmente aquática, bailarina cautelosa, por entre os vidros sagrados, e eles evaporavam lentamente como se, lentamente, sem que o percebesse ou confessasse, a mãe se vingasse ao matar o mar. Haveria de o ver evaporar jarro a jarro, o tamanho de um menino pequeno, até ao infinito. Amaria e culparia o mar até ao infinito.

# Querido monstro

Debaixo da minha cama viviam um monstro triste e um lobo velhinho. Faziam-se companhia. O primeiro lamuriando e o segundo apenas a suspirar. Eu sonhara sempre com monstros cheios de energia, com ideias para brincadeiras de pregar sustos e correr, mas aquele que inventei era cabisbaixo, aflito, tinha problemas, não explicava muito sobre assunto algum. Dava-lhe pena assustar, ficava com peso na consciência quando se mexia porque incomodava o lobo seu amigo que só procurava estar sossegado.

Eu costumava fazer-lhe cócegas para ver se ele podia ao menos sorrir, mas não sorria. Se o fizesse, pareceria ainda mais triste. Desolado e desolador. Qualquer manifestação entusiasmada faria piorar a sua condição, como se sofresse com a minha esperança. Fiquei muito chocado com isso. A sua tristeza era proporcional à minha esperança. Perguntei-lhe se considerava importante que eu deixasse de acreditar no futuro. Começou por não responder. Tinha uma cabeça azul e gigante, os olhos pequeninos como dois ínfimos peixes numa água grande. Fechava-os, parecia ir-se embora. Podia ser que cegasse. Dizia que lhe naufragavam os olhos, e todo ele naufragava também. Ficava igual a um charco de água. Ficava igual a um charco de água no meio do meu quarto.

Pedia que não falássemos sobre o futuro. Detestava o futuro. Eu equilibrava um barquinho de papel no seu peito.

Com o tempo, habituei-me a pensar que alguns monstros não nascem para fazer tropelias mas para outras coisas como, talvez, guardarem um segredo terrível que mais ninguém suportaria guardar. Considerei que o meu querido monstro detinha uma informação que precisava de ser protegida mas que penalizava gravemente o seu detentor. Tive muita compaixão por ele.

O lobo velhinho aconchegava a cabeça entre as patas, às vezes na barriga fofinha do monstro, e quase dormia. Passava o tempo nessa quietude. Ambos comiam metáforas e pequenas ideias absurdas. Mas, com qualquer refeição, ficavam logo cheios, semelhante a terem feito banquete de fartura. E eu sugeria sempre mais um absurdo, mais uma maravilha em que pensar, eles enjoavam e podiam de verdade ficar adoentados. Sentiam tonturas, vertigens, queriam fugir da minha beira, aborreciam-se. Eram frágeis e perdiam a capacidade de brincar.

Demorei muito a habituar-me. Não entendia porque haveria de calhar-me tão delicados amigos imaginários. Confesso que me revoltei por um tempo. Eles enjoavam e eu dizia: gatos vermelhos gigantes que comam nuvens, galinhas que cantem ópera a ladrar, mães e pais que gostem de muita gelatina, bocas com patas e a rir, as pessoas todas do mundo a rir. E mais gelatina. Eu repetia: quero ver as pessoas todas do mundo a rir. Irritava-me muito que a alegria fosse proibida. Voltava a gritar as ideias mais alegres: meninos nos carrosséis a terem um medo bom e a rirem até não aguentarem mais. Divertidos. Crianças divertidas até não aguentarem mais. Depois, uma chuva de caramelos a cair de um céu com ilhas flutuantes onde vivem pessoas feitas de palavras de línguas esquisitas. Pessoas enormes feitas só de palavras que não entendemos e que passam os dias a cozinhar caramelos para atirarem às crianças que não param de estar e ser felizes. O monstro triste e o lobo velhinho rebolavam em agonia, agarrados a si mesmos cheios de dores. Diziam que sentiam pedras tombando dentro do estômago. Pedregulhos tremendos e brutos que se moviam mais e mais aos trambolhões. Não suportavam alimentar-se do tão natural alimento dos amigos imaginários. Para mim, ao princípio, isso foi uma tragédia.

Perguntava muito ao monstro se ele poderia assustar o senhor que atirava pontas de cigarro para o nosso quintal. Pedia-lhe. Assusta-o só um bocadinho para nunca voltar. Ainda nos deita fogo às árvores. Tínhamos cinco árvores, com cinco nomes: Uma, Clara, Perfeita, Luz e Ninho. O monstro triste também gostava delas, usava as suas sombras no verão, deitava-se por ali na mais fresca, escutava-lhes as folhas, talvez entendesse a sua linguagem. Mesmo assim, não fazia nada para dissuadir o horrível homem de continuar com aquilo. Não fazia mesmo nada. E eu pedi ao lobo velhinho se, ao menos ele, poderia morder-lhe o rabo, deixar um buraco nas calças que lhe desse uma lição. Uma mordida apenas à tangente, para explicar que o nosso quintal não era uma lixeira, as nossas árvores não queriam arder e nem gostavam do seu antipático fumo. O lobo velhinho não respondeu. Mudou o olhar para longe e deixou-se pensativo, suspirando continuamente. Eu, abandonado, sentia-me sozinho. Não tinha lógica alguma criar os meus amigos imaginários para que me deixassem sozinho.

Quase contei aos meus pais, queixando-me, correndo o risco de perder a habilidade de inventar amigos para sempre. Respirei fundo, pensei melhor, não podia revelar algo tão precioso e necessariamente secreto.

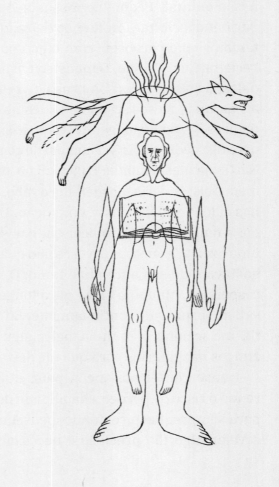

Precisava de encontrar uma solução sem qualquer ajuda ou maior lamento.

Subitamente, quer o monstro triste quer o lobo velhinho tiveram fome de outra coisa. Vieram falar-me, arrastados os dois nos pés, pesadões, cheios de hesitações. Achavam que poderiam alimentar-se de poemas de amor. Eram textos tão disparatados, cheios de ideias também tão absurdas, podia ser a iguaria perfeita para que melhorassem de ânimo. Pensei eu que os poemas de amor eram assuntos para adultos, ainda que as crianças pudessem amar a família e os amigos. Eram assuntos complexos com mistérios e sem muito sentido. Não havia interesse em lidar com um absurdo do qual não temos pistas, nenhuma ideia. O bom absurdo dá-nos pistas. O amor não era um bom disparate para nós. Eu disse. O amor não é um bom disparate para nós. De todo o modo, quer o monstro triste quer o lobo velhinho insistiram. Era urgente que experimentássemos. Nem que fosse apenas para ver o efeito. Se o enjoo persistisse, valia mais que mantivessem a dieta magrinha das metáforas e dos absurdos do costume.

Encontrei um livro com poemas de amor que folheei revelando algum cuidado. Não era que de entre as páginas pudesse saltar um bicho que me atacasse, mas faziam-me confusão os versos arrumadinhos, todos em filas certinhas, com terminações a combinar, como bordadinhos de ideias sensíveis e esquisitas. Para mim, os poemas eram rendinhas de palavras, umas e outras escolhidas para tudo ficar bonito ou inusitado, como se fossem palavras de sair à rua para uma cerimónia. E as suas metáforas juntavam corpos e davam beijos e falavam em fidelidades eternas ou ansiedades. Falavam de uma vontade quase desnatural de ver alguém. Os poemas eram bordadinhos que se estendiam sobre os corpos de quem amava. Podiam ser uma roupa inteira, a única roupa.

Líamos os poemas e o monstro triste suspirava e o lobo velhinho suspirava. Não melhoravam, pareciam resignar-se. Pediam que repetisse, encontravam beleza em tudo, quase sorriam. Mas não melhoravam. Ficavam gémeos, resignados.

Eu tinha onze anos. Inventara os meus amigos imaginários muito tarde, passara a infância quase inteira a tentar sem sucesso. Agora, espantado com os poemas, não sabia o que pensar. Punha-me sob as nossas árvores, exactamente à sombra da luz, que era mais rala e escolhia melhor o sol para me aquecer, e eu esperava. Talvez estivesse só à espera de ser mais crescido e de me preocupar com outros assuntos. Não o percebi de imediato.

Numa dessas tardes, sem contar, foi que vi uma menina a passar com flores gigantes de papel. Coloridas e alegres flores de papel. Perguntei-lhe como as fazia. Perguntei-lhe se me ensinaria. Lentamente, gostei da menina como se começasse muito devagarinho um amor. Também sem contar, o monstro triste e o lobo velhinho foram embora. Imaginei que para dentro de metáforas mais complexas onde haveriam de ficar lambuzados e gulosos para sempre. Estariam dentro de coisas absurdas, certamente felizes. Com o tempo, depois das flores de papel, depois de nadar no riacho, depois de aprender a fazer compota para um lanche no jardim, depois de um primeiro beijo, eu acreditei que todas as coisas que imaginara até então se alegravam por mim. Porque nenhuma tristeza define obrigatoriamente o que podemos fazer no dia seguinte. No dia seguinte, ainda que guardemos a memória de cada dificuldade, podemos sempre optar por regressar à busca das ideias felizes.

Eu comecei pelos poemas de amor. Foi o melhor que me poderia acontecer.

Coloquei os barquinhos de papel numa estante bonita e prometi lutar para que nunca mais ninguém naufragasse nos meus braços. Apenas sorrisse. Eu disse: quero ver as pessoas todas do mundo a rir. Foi o que eu disse, ainda que estivesse sozinho no quarto.

# A princesa com alma de galinha

Um dia, a princesa disse que queria ser enfermeira e imediatamente correu pelo reino a notícia de que a moça estava maluca.

Era comum que andasse perto dos bichos, a ver-lhes as patas e as barrigas, a fazer cócegas até aos galináceos mais cacarejantes e destituídos de afecto. Sabiam todos que muitos animais não tinham cultura suficiente para apreciarem um carinho, mas a princesa, a crescer para mais tarde herdar a coroa e decidir os destinos do seu povo, gostava de acreditar que o carinho e a ajuda faziam sempre sentido.

O velho rei, todo alterado de preocupação, mandou que lhe chamassem a filha. Que ali fosse diante do trono a explicar-se. E ela lá compareceu. Desarranjada, com o vestido manchado pela verdura das ervas, as mãos a cheirarem ao bafo dos cães, encolhendo-se, muito mal preparada para um raspanete. Estava sempre suja, nem penteada direito. E voltou a dizer: quero ser enfermeira, para cuidar das pessoas racionais e irracionais. O rei, espantado e furioso, gritou: tu estás maluca? Aquilo que se dizia à boca fechada passou a ser notícia de jornal. Publicavam-se fotografias das suas unhas com terra, das bainhas das saias descosidas, até das pegadas de terra que deixava no chão lustrado do

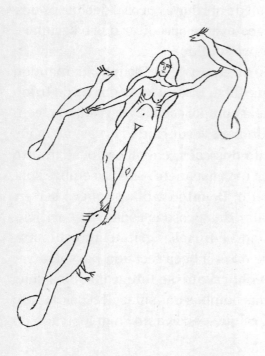

palácio. Tudo servia para mostrar que a princesa era demasiado misturada, não estava instruída para a soberania e para o recato.

Uma rainha não tinha profissão, para lá de ser mandona e vigiar contas ou estradas. As rainhas não arranjavam tempo para mais nada. Às vezes, se estivessem bem-dispostas, faziam carinhos nas crianças pobres. Mas apenas se parecessem lavadas e sem piolhos. E apenas se não corressem o risco de lhes desaparecerem os anéis de brilhantes. As rainhas tomavam conta das jóias. Expunham a riqueza dos reinos, como uma garantia de fartura suficiente para os cuidados elementares. E os cães eram para a caça e deviam estar arredados das moças ou mulheres perfumadas e bem vestidas. Tinham pulgas, eram lambentos, lambiam tudo, queria dizer, transmitiam doenças e nojo. Ninguém gostaria de uma rainha doente, enojada ou nojenta. Seria a ruína de uma dinastia. Uma desgraça. O rei dizia estas coisas, gesticulava em círculos aflitos, e todos os súbditos se apiedavam dele. Os súbditos diziam que sim, que sim, vossa majestade. O rei era sapiente, equilibrado, muito justo. A sua preocupação era uma ciência política madura. Dependiam os cidadãos, de modo rigoroso e completo, da maneira culta como ele até então gerira os patrimónios e os humores, as esperanças e as colheitas árduas de cada ano.

A jovem princesa, a estender o vestido para disfarçar o amarrotado no colo, gaguejava e procurava ter razão. Gostava que fossem todos saudáveis e ficassem contentes. Era o melhor. Que os cidadãos pudessem ser saudáveis e contentes. O rei, estupefacto, com os olhos a saltarem-lhe da cara, dizia que aquelas eram ideias absurdas. Um povo contente nunca se vira. O contentamento era como um dia de domingo e aos domingos não se sustentavam impostos. Que horror, gritava o rei sem respirar direito. Que horror. Tinha uma única filha herdeira e não conseguira ensinar-lhe o essencial sobre o comando de um reino. Era urgente que fosse internada, medicada, curada. Era urgente que a levassem de castigo, que lhe dessem juízo, que lhe tirassem da cabeça uma tão grande burrice. Era urgente que lhe escolhessem comprimidos, supositórios ou vacinas. Tinham de abaná-la, beliscá-la, berrar-lhe, explicar-lhe, fazer-lhe outra comida, outro modo de vida, xaropes, chás mornos, banhos de alfazema, gemas de ovos, vitaminas, muitas vitaminas, livros decentes, poemas, contas de dividir e multiplicar, problemas de Química, questões de Física, afazeres, muitos afazeres. Estava doente, deficiente, habitada por um marciano, estava torta, indisposta, estragada, enganada, desconcentrada, desleixada, casmurra. Estava muito burra.

E o povo comentava: a princesa é burra. A princesa é burra. E diziam: acudam-nos, vai deixar este reino de rastos, vamos todos passar fome porque a princesa gasta os dias a pensar em ter um emprego normal. Os empregos normais não são bons para as pessoas que não são normais. Toda a gente comentava. As princesas são anormais. Não lhes nasciam os olhos na testa nem sete braços, eram parecidas com moças convencionais, mas de convencionais não tinham nada. Eram cuidadas a água de rosas e miolo de frutos raros para poderem aceder a grandes ideias e visões de futuro. As princesas nasciam em atenções para poderem concentrar-se na prospecção espantosa da vida, descobrindo e guiando os cidadãos comuns e feridos de profunda opacidade. As princesas eram pessoas de transparecer. Deviam ver através delas mesmas e através das outras coisas. Como se para elas o mundo fosse de cristal. Era isso que justificava a sua preciosidade e importância. Simbolizavam cristais e inteligências igualmente cristalinas.

Metida para os seus luxuosos e solitários aposentos, a aprendiz de enfermeira choramingava. Tinha de entreter-se a bordar e a estudar piano, vinham afinar-lhe a voz, uma oitava e duas oitavas, mandavam-na nadar porque era importante ter os ombros definidos para os decotes e para o busto. Um bom busto era fundamental para as esculturas e para os retratos que se faziam dos nobres. Era imperioso ter belos ossos, belas linhas atribuindo o carisma e sugerindo a confiança. Vai nadar, filha, dizia o rei todo convencido de que as boas tarefas eram suficientes para fomentar as boas ideias. E, assim, a princesa passava os dias e terminava as noites sozinha, choramingando à procura de uma solução.

Chegava-se às janelas do palácio para ver como pareciam as coisas e ninguém mudara nada. O quotidiano do reino seguia a sua rotina sem mais sobressaltos. Os jornais explicavam que a princesa estava em educação de rigor e o povo descansara. A burrice não havia de ser pior do que uma forte gripe. Com tanta esperteza no reino, seria até fácil devolver a lucidez a uma princesa confusa.

No entretanto, animavam-se as pessoas porque se abeirava o aniversário do rei e inventavam-se presentes e já se colhiam frutos secos para doçarias e outras comilanças gulosas. Andavam a enfeitar os postes da luz, inclusive os que alumiavam o palácio, e a cidade punha-se vaidosa de alegria e menor preocupação.

A princesa, nos seus aposentos sempre à espera, achava que em tempo de festa, por prioridade, se deviam sobretudo enfeitar os olhos dos tristes. Era como pensava nas coisas. Sentia urgência em procurar os tristes para os fazer sorrir. Depois, lembrava-se. Certamente encontraria alguns sujos, apanharia piolhos, talvez apanhasse pulgas dos cães vadios e com frio. Iam roubar-lhe os caríssimos anéis. Odiava que os anéis fossem tão caros.

Eram pedras bonitas mas nem por isso tinham coração. Não entendiam nada dos afectos. Os anéis, comparados com as pessoas racionais ou irracionais, eram mesmo uma coisa sem grande interesse. De todo o modo, se voltasse a ser apanhada, tornaria a ser vista como uma princesa desmazelada, o que era injusto. O sujo do trabalho não é um desmazelo, é um esforço. O sujo do trabalho devia ser sempre belo. Ela pensava assim. O trabalho não suja nunca.

Davam-lhe folga ao sábado de manhã. Numa dessas alturas, a princesa levantou-se discretamente e vestiu-se de menino. Escondera o rosto com um capuz largo, ficavam-lhe as pernas muito finas dentro das calças bambas mas, vista à pressa, era um moço qualquer, sem coroa nem tempo a perder. Saiu à rua para saber dos cães e dos coelhos. Queria ver as capoeiras e o lugar dos pombos. Os animais não se enganavam. Conheciam-na por qualquer nesga de pele. Animavam-se. Sentiam, afinal, a sua falta. Mais ela se convencia de que eram pessoas irracionais, o que não significava que fossem exactamente estúpidos ou ignorantes. A princesa assim os cumprimentou, também muito alegre, e chegou-lhes comida mais água fresca e, despreocupada, sujou-se.

Subitamente, sem se dar conta, o capuz tombou-lhe para as costas, mesmo diante de quem passava. Continuava de cara voltada para o chão, convencida de um bom disfarce, parecia que lhe dava um problema no pescoço. E as pessoas viram-na assim, não se admiraram e comentaram frustradas: a princesa continua palerma, e foram chamar alguém ao palácio. Depois, vieram buscá-la com urgência, todos atarantados como quando se caçava um animal em ziguezague.

O rei, por estar quase a chegar o dia da festa, e depois de muito lho pedir a filha e as criadas mais antigas, não internou a princesa mas prometeu fazê-lo em breve. Passadas as alegrias do reino, a moça idiota iria para um colégio interno onde estudaria com austeridade. Passaria a ocupar-se das matemáticas mais complicadas, de filosofia antiga, porque a moderna era um delírio, e escreveria muito, para treinar a redacção das leis e dos importantes comunicados que teria de elaborar quando fosse rainha. Iam aumentar-lhe o empenho nos bordados durante as horas de lazer. Saberia bordar até tapetes. Poderia, por graça, conservar alguns para pôr nas paredes como arte régia. Para o povo era valioso que os nobres revelassem alguma sensibilidade artística. O colégio interno faria dela uma princesa profundamente sensível e rapidamente todos esqueceriam os episódios vergonhosos e lamentáveis que se andavam a verificar.

No entanto, naquele dia em que a princesa foi apanhada vestida de menino, ninguém percebeu que ela trazia os bolsos cheios de uns ovinhos pequeninos de passarinho. Apanhara nas gaiolas um ninho abandonado e os ovos estavam pesados, tinha a certeza de que chocavam. Precisavam de se manter aquecidos para não morrerem. As criadas barafustavam mas ela não queria que lhes mexessem. Exigia despir-se sozinha na sua magnífica sala de banhos. Dizia que se lavaria sem ajuda. Queria pensar. As criadas aceitaram. Podia ser que pensasse coisas boas e que até ganhasse maior afeição à higiene. Deixaram-na despachar-se. Ficaram à porta a comentar as ideias absurdas da futura rainha e riam-se incapazes de conter um carinho gracioso. As criadas gostavam dela. Viam-lhe graça quando lhes perguntava se estavam bem, queria sempre medir-lhes a temperatura e saber se comeram, se tinham dívidas injustas e dificuldades. Às vezes, secretamente, a princesa oferecia um anel às criadas e depois mentia dizendo que lhe caíra a fazer festas aos pobres. Os pobres eram sempre excelentes para servirem de culpados. A princesa perguntava às suas criadas acerca dos filhos. Queria que os levassem à escola para serem, um dia, doutores de todos os assuntos do reino. As criadas, continuamente assustadas, recebiam o susto por causa da bem-querença. Ficavam muito agradecidas. Só eram chatas por amor.

A princesa colocou os sete ovinhos numa toalha seca e inclinou sobre ela um candeeiro forte. Não sabia ser uma mãe pássaro, mas esperava que pudesse enganar a natureza só um bocadinho. Ninguém o haveria de saber. Se descobrissem que cuidava de chocar os ovos iam dizer que queria ser uma galinha. Sorriu. Podia ser que tivesse alma de galinha. A diferença entre as enfermeiras e as galinhas, no entanto, era muito grande. Só os preconceitos podiam considerar algo igual. De todo o modo, a princesa acreditava ter a alma de todas as pessoas do mundo, racionais e irracionais.

Saiu da sua imensa sala de banhos, trancou a porta e guardou a chave no bolso do vestido cheio de brilhos. As criadas fungaram, um pouco desconfiadas. Não fazia mal. Estava lavada e arranjada. O importante era que aparecesse nessa decência. Foram sentá-la à mesa para o almoço e puseram-se orgulhosas com o resultado. Por seu lado, a princesa sentia-se cada vez mais aprisionada com o destino que o pai lhe traçara. Achava que a preparação para tornar-se uma rainha devia ser uma coisa boa mas, até ali, só se mostrava como algo de muito mau. Era uma obrigação cheia de regras e parecia implicar atributos que não tinha. Desde logo, com tanta natação, continuava sem ostentar ombros para bustos impressionantes. As suas estátuas seriam mais mirradas. Aumentara-lhe pouco o peito como, afinal, acontecia a tantas moças que não eram nobres. Com o ter pouco peito até nem se importava.

Preocupava-se mais com outros assuntos. E ela disse: pai, posso aprender duas vezes mais filosofia antiga e duas vezes mais matemáticas, juro que nado todos os dias e me lavo, penteio, falo baixinho, sou educada, eu prometo que bordo e sorrio mas, por favor, não me tire daqui. Ainda que não possa ver as pessoas todas, sinto que estou no meio delas e, ainda que não possa ver os animais, sinto que estou no meio deles. Estou perto, pai. Quem vai para longe vive na casa do esquecimento. Se não me puderem ver ou tocar, ao menos que se saiba que estou aqui e que penso na felicidade deles como se faz num desejo de boa sorte. Talvez se salvem as pessoas todas só porque o desejamos quando o desejamos tanto. Mesmo que elas não nos entendam, mesmo que ninguém nos entenda. Talvez o desejo seja um aviso para que as coisas boas aconteçam sem precisarem de explicações complexas.

O rei, carregado de ponderação, respondeu que pensaria acerca do seu pedido. Almoçaram como a tomar conta do silêncio. O que se dissera pairava ainda. Era uma ideia tão forte que se tornara uma visita. Uma ideia que era uma visita. Acontecia porque nada mais podia ser visto ou pensado sem a presença e a interferência daquela formulação. O rei e a princesa estavam profundos. Surgira entre eles uma esperança que nenhuma outra inteligência conseguiria combater.

À noite, sempre às escondidas, a princesa ia ver como estavam os ovos de passarinho que cuidava sob a luz quente de um candeeiro. As cascas transpareciam minimamente como peles a esticarem. Percebia como lá dentro se faziam pessoas irracionais que podiam ser de todas as cores. A dada altura, mexiam-se. Deviam ajeitar as posições das asas e das patas. Os ovos começavam a ficar pequenos para bichos que só sabiam crescer. Ela estava ansiosa. Ia dar-lhes nomes, limpar-lhes as penas, conversar com eles sobre voar. Ia prepará-los como soubesse, talvez até pensassem que era sua mãe e o comentassem na língua de palavrinhas pequenas que os pássaros usam. Não se importava nada com o que pensassem os pássaros. Achava que estariam sempre do lado dela, muito mais entendidos nos assuntos da liberdade do que as verdadeiras pessoas do reino.

Numa dessas noites, acordada de surpresa, a princesa escutou o piado magrinho de um passarinho. Ficou atónita. Ainda na escuridão, esperou até escutar novamente aquele piado muito fraquinho que vinha da sua sala de banhos. Os passarinhos haviam nascido. A princesa nem se conseguiu levantar imediatamente. Ela ficou tão grata por a natureza se ter deixado enganar com um candeeiro que se comoveu. Depois, acendeu a luz e correu a ver. Estavam os sete pintainhos de pássaro numa trapalhice divertida dentro do ninho improvisado. Uns de pernas para o ar, outros abrindo os olhos, piavam a conversar a perplexidade e o cansaço de nascerem. Eram lindos. Pássaros lindos e verdadeiros. Iam saber voar. A princesa limpou-os e começou a fazer cálculos sobre como os deveria alimentar. Estava absolutamente radiante. Um coração de galinha alegrara-se no seu peito.

Assim, chegou o aniversário do rei. O palácio muito engalanado e as criadas entusiasmadas traziam vestidos novos e propostas para penteados ainda mais requintados e belos. As mesas cobriam-se de toalhas cheias de ornamentos e pousavam-se comidas frias que coloriam tudo. O rei tinha saído para cumprimentar e fazer promessas ao povo. Demorava sempre muito tempo nessas actividades protocolares e era bonito que os cidadãos pudessem vê-lo e conversar com ele para se queixarem e pedirem melhor fortuna.

O rei, nos eventos de maior importância, voltava sempre cheio de presentes, mais ainda no seu aniversário, porque os camponeses lhe levavam queijos e compotas de morango. Levavam-lhe metros de tecidos e faziam recomendações de felicidade. O rei era ajudado pelos seus criados e gostava que se enchessem as cozinhas e as despensas do palácio com as ofertas generosas. Tinha muito orgulho nos talentos do povo. Gostava que fosse gente de trabalho e generosidade.

À tarde, por ser algo muito solene, a presença da princesa era obrigatória e ela teria de estar na varanda, mais bonita do que nunca, acenando e mostrando às pessoas todas como também estava feliz e orgulhosa de si mesma e do seu reino. A princesa atarefou-se a esconder os passarocos ainda atordoados e a fechar as portas dos aposentos. Deu ordens para que ninguém ali entrasse. Inventara que não queria gente metediça nas suas privacidades e puxaria até as orelhas de quem se atrevesse a desobedecer-lhe. Mas, as criadas, rindo-se, haviam combinado que, naquela tarde e porque não se poderia passar as festas com imundices no palácio, abririam a porta e limpariam as pedras de mármore e os espelhos para que tudo ficasse impecável.

Quando a princesa saiu, afastaram as portadas e as janelas para cima, o sol fresco entrou em raios de arco--íris e, subitamente, ouviram um piado e julgaram impossível. Calaram-se. Ouviram outra vez. Vinha da sala de banhos. Não havia erro. Com a chave-mestra destrancaram a porta e uma pequena nuvem de sete pássaros voou sobre as suas cabeças espantadas e rodou duas vezes pelo quarto até se sumir janelas fora. As criadas ficaram boquiabertas. Nasciam pássaros dentro do palácio. Puseram-se em urgências para irem explicar ao rei, perguntar à princesa, perceber o que deveriam fazer.

Entretanto, na praça acumulavam-se as pessoas para a mensagem do rei, e comentavam também o quanto a princesa estava bonita, tão comportada, quando os sete pássaros voaram diante da varanda e chilreavam como a dizerem coisas alegres à pressa. Falavam todos ao mesmo tempo e a princesa reconheceu-os de imediato e sorriu feliz. Os seus pintainhos de pássaro voavam e eram livres. O rei mandou perguntar de onde vinham aqueles bicharocos durante o frio do inverno. Foi quando, incrivelmente, os sete pássaros pousaram nos ombros da princesa, que se levantou da cadeira num orgulho impossível de conter. E eles continuavam felizes, a falarem ao mesmo tempo, e formavam de ponta a ponta uma linha colorida. Toda a gente concordou que nunca se vira uma princesa mais bela, misturada entre linhos e rendas, penteado, coroa e penas movendo-se de todas as cores.

A princesa, de pé num orgulho intenso, disse: é a mais digna linha de ombros que poderia ter. Se algum dia se fizer o meu busto, que seja assim. Porque a natureza nos dá a oportunidade de ocupar os lugares mais improváveis. Porque a natureza é uma obra em aberto que nos compete aceitar e potenciar. A princesa disse: desejo-vos, neste dia de festa, e em todos os dias do ano, o esplendor livre da natureza. Desejo-vos a liberdade. E, por amor, estarei sempre aqui, como no coração tão alto dos pássaros, no coração de quem souber amar.

O rei, sem outra explicação e sem hesitar, sorriu e pediu que toda a gente aplaudisse a princesa herdeira. Havia um milagre só na sua esperança. Era, afinal, apenas isso. Um milagre guardado na esperança. E quem guardava a esperança manifestava uma enorme inteligência. Quem sabe esperar é dono de um tesouro. A princesa sorriu.

# O rosto

Durante muitos anos, vivemos sozinhos no cimo de um monte onde apenas estava a nossa casa, doze árvores e muitos pássaros. Tínhamos um cão e ele gostava de ladrar só de estar feliz, ou então era um bocado maluco, porque ladrava sem motivo enquanto fazíamos o nosso trabalho.

Durante muitos anos, eu, a minha mãe e o meu pai vivemos nessa casa no cimo de um monte mais ou menos afiado que custava subir e descer. Explicaram-me que a nossa tarefa era ver ao longe, e eu via ao longe sem saber o que esperar e esperava que um dia pudesse entender melhor porque tínhamos de o fazer.

Víamos distante uma estrada muito estreita que serpenteava nos montes vizinhos, aparecendo num lugar e depois desaparecendo, surgindo mais adiante como vindo à tona do verde intenso da vegetação. Um oceano de ramagens. Víamos como passavam uns poucos carros, tão de vez em quando, e como havia gado que os pastores enfileiravam por ali para chegarem aos pastos a engordar de erva.

Os montes vizinhos eram mais cobertos do que o nosso, que parecia careca, assim sem cabelo por ter apenas doze árvores. Estava a nossa casa ali pousada, na careca do monte, como um pequeno chapéu. Eu até imaginava que o nosso monte, ali abaixo de onde estávamos, teria uns olhos e uma boca para ser uma cabeça toda catita a fazer o mesmo que fazíamos nós, ver ao longe.

Víamos como chegava o sol e depois como partia. Como fazia para se erguer de um lado, ali arregaçado de entre o fundo distante da pedreira, e como seguia o dia inteiro para se ir meter quase pelo riacho adentro. No verão, o sol acertava sempre no riacho, parecia até que se ia refrescar.

Eu pensava se estaríamos ali para tomar conta do sol. Para saber se ele fazia o seu caminho sem se enganar ou sem cair mais depressa do que o devido. Perguntava se estaríamos ali para tomar conta do tempo, para que não fosse mais pequeno nem fosse maior do que devia.

Em certas alturas, eu, a minha mãe e o meu pai sentávamo-nos lado a lado a trabalhar nisso de ver o longe. Todos os três observávamos como estavam as paisagens calmas e como se ouvia o silvo pequeno do vento e o marulhar das folhas. Conversávamos devagar, por não ser importante fazer as coisas à pressa nem falar.

Os três sentados na atenção serena que prestávamos, e o meu pai podia cantar uma canção, de vez em quando, porque o declive do monte parecia pôr-se de caminho para o som e a voz crescia. Eu já sabia do eco e da reverberação. A voz do meu pai agigantava-se pelos montes fora e era afinada, tão segura quanto delicada.

A minha mãe cantava também, e eu ouvia e achava que o longe que ali víamos ficava mais perto assim. Porque lhe chegávamos pela voz, planando pela voz até aos lugares menos nítidos da paisagem.

Mas era em silêncio que mais vivíamos. A deixar que fossem as plantas e os bichos a terem pelo vento partículas de conversas viajando.

Quando se vive num silêncio tão grande, a tomar conta de algo tão distante, aprende-se a ver melhor. Aprende-

-se a ver pela cor das coisas, pelo movimento e até pelos odores o que pode estar a acontecer.

Sabíamos sempre muito bem da tempestade, e distinguíamos muito bem a tempestade das chuvas mais fracas e nunca nos enganávamos com os ventos frios de primavera, que eram passageiros e aqueciam se nos puséssemos ao sol.

Aprendemos a perceber como os rebanhos trepavam pelas encostas e sabíamos a quem pertenciam, ainda que fosse tão raro estarmos com outras pessoas. E, pelo movimento do rebanho e o tempo que levava a subir ou descer a encosta, percebíamos se estava maior ou mais pequeno, se a fome ou os negócios tinham obrigado ao abate do gado.

Era um trabalho muito difícil porque, enquanto vigiávamos algo num lugar, podia acontecer noutro o que o meu pai queria saber, e ele sempre perguntava o mesmo, se eu vira gente, quantas pessoas, se vinham a pé, se tinham carro ou motocicletas, se faziam barulho ou diziam palavras mais aos gritos e se eu havia ouvido o que diziam.

Eu tinha sempre dificuldade em separar o que não importava do que era fundamental para o nosso trabalho. Por isso, tanto memorizava coisas tolas como podia esquecer outras tão preciosas. O meu pai, no entanto, parecia ser paciente e ter tempo para esperar. Como se esperasse que o trabalho, num dado momento, estivesse completo para sempre e não precisássemos mais de trabalhar. O que era o mesmo que não precisarmos mais de viver ali, julgava eu.

Eu sabia que um dia teria de ir à escola, estava a chegar à idade e a minha mãe já tinha descido monte abaixo a avisar uns senhores de que era preciso que a carrinha das crianças fosse parar ao pé de nós.

Significava que eu teria de descer a nossa encosta por mais de meia hora até ao carreiro e depois meia hora até à estrada onde a carrinha devia passar todos os dias a um momento certo.

A minha preocupação ali por aqueles dias, antes de ir estudar, era a de saber se o nosso trabalho não ia ficar descurado. Quem faria a minha parte de ver ao longe a medir os humores da paisagem?

O nosso cão pôs-se ainda mais esquisito, parecia entender alguma coisa e ladrava em meu redor a protestar ou a avisar-me não sabia eu de o quê.

A minha mãe enxotava-o a ver se ele ia brincar com a passarada. O pobre do bicho, como sempre vivera ali no pico do monte, tinha mais de céu dentro da cabeça do que de terra. Talvez julgasse que voava e que entre ele e os pássaros a diferença estava apenas na cor. Às vezes corria muito e dava uns saltos tão altos para os apanhar, até nós achávamos que o maluco do cão ia aprender a voar.

Preocupados ou não, os meus pais explicaram-me que o meu tempo de ir à escola era o mais importante de todos e que, dali em diante, seria esse o meu trabalho principal. Olhei para os nossos bancos. Olhei para longe e imaginei como mudariam as minhas tarefas, tanto me parecia que tinha ali tudo quanto precisava.

Quando a carrinha chegou, vinha com três crianças de lugares ainda mais afastados. Não foram, é claro, as primeiras crianças que vi, mas eu não estava habituado a ter crianças por companhia. De todo o modo, nos montes, todos nós, mesmo antes da idade da escola, já tínhamos muito trabalho para fazer e brincar era quase uma ideia esquisita.

Na escola, sentados em mesas pequenas, com um caderno e um lápis para copiar letras e números, éramos oito alunos e a professora. Ela dizia-nos que a letra A pode ser linda, pode ser má, já se cá vê que há tal letra no que começa e no que finda.

A nossa professora, como vinha da cidade, explicava que por cada árvore do monte havia uma casa na cidade. E que, por cada pássaro ou insecto, havia gente nas ruas. Eu pensei que difícil seria o trabalho do meu pai, que tem de estar atento ao que fazem as pessoas pela paisagem, se tivesse uma paisagem de tanta gente.

Ainda havia sido uma sorte que nos tivesse calhado viver no cimo de um monte tão especial e ter por tarefa ver ao longe e tomar conta de um tão grande sossego.

Um dia, pediu-nos a professora que falássemos sobre o nosso trabalho. Nós, as crianças que, entre os lápis e cadernos mais as brincadeiras de recreio, ainda voltávamos a casa na carrinha, com a pressa possível, para ajudarmos os nossos pais.

Eu expliquei como me sentava nos bancos, virado ora para sul, ora para norte, e expliquei que a paisagem mudava de cores e movimentos, tinha ruídos grandes e outros discretos e que havia que saber para onde olhar. Depois, expliquei que o mais importante era perceber o que acontecia longe, lá onde ficavam os montes mais isolados e aonde quase ninguém ia. O meu pai dizia que se houvesse o azar de um incêndio nesses montes podia arder quase o mundo inteiro, porque o tempo seria pequeno para trazer água antes que o fogo alastrasse.

Expliquei à professora que na sala de aula tudo era perto e que nada se distanciava de nada como nos montes da paisagem. Mas a professora negou. Disse-me que o rosto de cada um também era imenso como a paisagem e, visto com atenção, tinha distâncias até infinitas que importava tentar percorrer.

Nesse dia voltei da escola como se tivesse a tampa da cabeça aberta e os pensamentos me fugissem para o vento.

Pus-me a olhar para o meu pai a ver se no seu rosto havia algo que se comparasse ao afastado dos montes, o verde mudando, as encostas apenas cobertas pela luz do sol, o arvoredo como um tapete que parece rasteiro.

Pus-me a olhar para o rosto do meu pai à procura do que fosse distante, quando parecia que o rosto de uma pessoa tinha tudo tão à flor da pele.

Quando o nosso cão parou de ladrar, trouxe-o para junto de mim e encarei-o atento. Com a excepção da distância do nariz em relação aos olhos, eu não sabia como entender o que me dissera a professora nem havia nada de paisagem na expressão de alguém.

Mas a professora sabia melhor do que eu e decidiu sentar-me na escola no sentido contrário ao dos meus colegas. Sentou-me na sua mesa, enquanto ela andava a pé a escrever e a apagar coisas no nosso quadro.

Fiquei de frente para as sete crianças que estudavam comigo. Sete rostos que, com mais ou menos sono, maior ou menor fome, acatavam os ensinamentos da professora como podiam.

Subitamente, enquanto fazia também as minhas letras — e eu desenhava já muito bem todas as vogais —, percebi que uma menina se distraíra a ver nada. Via nada como se fosse alguma coisa. Tinha o rosto parado e apontado para o tecto e, embora de olhos abertos, ficava estranha, como se adormecida. O rosto dela, ali todo à flor da pele, pareceu-se realmente com o distante da paisagem. Veio à sua expressão uma lonjura que impossibilitava, a quem a visse, perceber com nitidez o que lhe passava no seu pensamento.

Percebi que para dentro de nós há um longo caminho e muita distância. Não somos nada feitos do mais imediato que se vê à superfície. Somos feitos daquilo que chega à alma e a alma tem um tamanho muito diferente do corpo.

Percebi que ver verdadeiramente uma pessoa obriga a um esforço como o de estarmos sentados nos nossos bancos a tomar conta do que passa pelos montes. Percebi que ver verdadeiramente uma pessoa também é como prevenir os fogos, como fazia o meu pai que, afinal, era guarda-florestal.

O rosto é mais turvo do que os céus e pode ser muito mais complexo do que saber exactamente de quem é um rebanho e se cresceu ou diminuiu. O rosto começa onde se vê e vai até onde já não há luz nem som. Por isso, por mais que observemos, ainda muita coisa nos há-de escapar e o importante é que estejamos tão atentos quanto possível para nos conhecermos uns aos outros.

Conheci melhor o meu pai. Conheci melhor a minha mãe. Até conheci melhor o nosso cão, que era mesmo maluco, porque lho via no rosto e tudo. Entendi que o rosto é extenso e infinito, capaz de expressões que vamos conhecendo e outras que nunca vemos. Toda a vida precisamos de estar atentos, se assim não fizermos vamos perder muito do mais importante que acontece em nosso redor. Como se houvesse um incêndio mesmo diante de nós e nem sequer o percebêssemos antes que restem todas as coisas completamente queimadas.

# O rapaz que habitava os livros

Barafustaram comigo, nem escutaram o que eu queria que entendessem. Diziam que os livros queimavam os olhos, eram diurnos, não serviam para as noites. As regras do nosso colégio interno, para meninos casmurros como eu, mandavam assim.

Queriam os livros no corredor. As luzes apagadas às nove.

Eu ainda deitei mão a alguns volumes, toquei-lhes brevemente igual a quem cai num precipício e procura agarrar-se, mas não me deixaram nada. Apenas o candeeiro já apagado, como se a luz tivesse morrido de tristeza.

Adormeci muito mais tarde, de todo o modo. O coração rasgado em papelinhos pequenos. E uma gula esquisita embrulhada no estômago parecia dizer que eu não havia jantado.

Fui ver a minha nova estante logo pela manhã.

Era um bocado de espaço arranjado entre tralhas meio esquecidas. Fiquei ofendido. Os livros não esquecem nada. Eles são para sempre a mesma memória admirável. Esquecer livros é uma agressão à sua própria natureza. Embora, na verdade, eles nem se devam importar, porque podem esperar eternamente.

Alguém colocara uma pequena placa dizendo: não alimente os animais. Fiquei sem saber se queriam dizer que os livros eram bichos comendo as nossas ideias ou se seria eu um devorador de páginas, alimentado de palavras como as histórias. As histórias podem comer muitas palavras.

Pensei: os meus queridos livros. Era o que pensava e sentia: os meus queridos livros. Olhava-os como se estivessem vivos e pudessem sofrer. Como se pudessem também entristecer.

Gostei de colocar a hipótese de os livros serem como bichos. Isso faz deles o que sempre suspeitei: os livros são objectos cardíacos. Pulsam, mudam, têm intenções, prestam atenção. Lidos profundamente, eles estão incrivelmente vivos. Escolhem leitores e entregam mais a uns do que a outros. Têm uma preferência. São inteligentes e reconhecem a inteligência.

Os livros estão esbugalhados a olhar para nós. Quando os seguramos, páginas abertas, eles também estão esbugalhados a olhar para nós.

Os meus colegas ficaram todos a rir-se de mim. Eu era conhecido como o rapaz que perdia a hora de dormir. Tinha a cabeça na lua, diziam. Não me importei nada. Rirem-se de nós pode ser só um erro no ponto de vista. E eles, todos eles, estavam errados.

A primeira vez que vi um livro, que me lembre, era um que estava aberto, pousado sobre a mesa, com as folhas em leque como se fossem uma colorida flor contente.

Podia ser uma caixa esquisita para arquivar pétalas secas, podia ser para guardar documentos ou cartas de amor. De perto, era afinal um livro muito branco, cheio de palavras impressas. Julguei que podia ser um bordado miudinho. Um enfeite para que as páginas ficassem bonitas. Pensei que fosse uma prenda de enxoval.

Depois, compreendi, era o modo silencioso das conversas. Todos os livros são conversas que os escritores nos deixam. Podemos conversar com Camões, Shakespeare ou Machado de Assis, mesmo que tenham morrido há tantos anos.

A morte não importa muito para os livros.

Mais tarde, aprendi que os livros acontecem dentro de nós. Claro que eles podem ser bonitos de ver, mas são sobretudo incríveis de pensar. Eu disse que ler é como caminhar dentro de mim mesmo. E é verdade. Quando lemos estamos a percorrer o nosso próprio interior.

Uma menina do colégio perguntava-me sempre se eu queria brincar às coisas bonitas. Brincar de beleza, dizia assim. Era igual a ficarmos cheios de delicadezas a fazer de conta que adorávamos tudo: os puxadores velhos das portas, os livros de álgebra, as meias rendadas da professora, a sopa de beterraba à hora do jantar no refeitório ou o cão zangado do guarda nocturno. Servia de maneira divertida para fazermos de conta que o mundo era maravilhoso e, subitamente, o mundo inteirinho parecia mesmo maravilhoso. Isso era tão bom de sentir.

Um dia, eu disse: vamos brincar à beleza das coisas que se pensam, como as que se lêem. Porque as coisas que se lêem precisam de ser pensadas. E ela perguntou: as que existem ou as que não existem? E eu disse: todas. As coisas todas que pudermos imaginar.

Então, ela propôs: pássaros com trombas de elefante a voar sobre cabeças de mulheres com cabelos de raízes de árvores. Rimos muito e eu exclamei: que lindo. Repeti, lentamente: pássaros com trombas de elefante a voar sobre cabeças de mulheres com cabelos de raízes de árvores. Depois acrescentei: chávenas de chá com bocas falantes que ferram as mãos de quem as tenta pegar. Rimos muito e ela exclamou: que lindo. Repetiu: chávenas que ferram.

Ela disse: carros com pneus feitos de batatas gigantes que têm pêlos como as pernas dos homens e a transportar famílias de galinhas felizes. Rimos e eu exclamei: que lindo, adoro galinhas felizes. Repeti: carros com famílias de galinhas felizes.

E se fosse um homem com tartarugas ao invés de olhos? Ia ver muito devagarinho. E outro que tivesse um canguru ao invés de boca? Ia falar aos saltos.

Uma árvore que tivesse braços de pessoa ao invés de troncos e segurasse ninhos de cegonhas nas mãos. Que lindo! Depois, eu disse: os meus pais a darem um beijo. E os meus avós. E ela respondeu: e os meus também. Os meus também. Rimos, e exclamamos subitamente em conjunto: que lindo.

Fui dizer-lhe que me haviam levado os livros do quarto. Estava igual a sozinho. Absolutamente sozinho a noite inteira. E ela respondeu: isso é feio. Sabia bem que importância tinham para mim as histórias. Ela perguntou: e agora? Eu respondi: passo os dias à espera dos intervalos para ler um bocadinho. Passo as noites a sonhar à pressa para poder acordar e voltar a ler. Ela respondeu: sonhar à pressa é uma pena.

Quando eu sonhava que lia, acordava. Parecia um castigo.

Era comum, subitamente, que eu me esquecesse de tudo durante os intervalos. Corria para os bancos no lado da frente do colégio, à vista dos janelões principais, e aí deitava os olhos às letras e a alma inteira à imaginação. Quando era hora de entrar, tantas vezes algum colega vinha cutucar-me. Diziam: anda, seu distraído. Anda embora.

Um dia, ninguém me cutucou. Fiquei apenas caminhando dentro de mim mesmo, o que era diferente da solidão.

A professora mandou dois rapazes aos janelões da frente a chamar por mim. Assim chamaram. Mas eu, juro muito, não os ouvi.

Voltaram para dizer à professora: parece que se mudou para dentro do livro porque não ouve a nossa voz. Usámos os binóculos da sala de ciências e vimos bem, senhora professora. Ele sorri. Está feliz.

Isso levantara o problema de saber como trocar a felicidade pelo regresso à aula.

# Modo de amar

Eu queria era ter um cão, mas a minha mãe diz que os cães fazem muito barulho a ladrar e que, por vezes, mordem. Diz também que se tivermos um cão durante muito tempo ficamos com a cara parecida com o seu focinho. A mim custa-me acreditar, mas é isso que a minha mãe me responde. Nem imagina o quanto fico infeliz, parecido a ter vazios por dentro.

Eu pedi:

— E se tivéssemos um gato? Um gato, nem que seja pequeno, para eu brincar.

E a minha mãe respondeu:

— Um gato, nunca. Larga pêlo e afia as unhas nos cortinados.

— Oh, mãe, um gato quase nem precisa de gente, vive sozinho com o seu nariz. E se fosse um peixe? Um coelho? E se fosse um crocodilo bebé? – insisti eu.

E ela explicou:

— Os peixes entristecem num aquário e os coelhos trincam-te os dedos. Os crocodilos bebés crescem muito para serem crocodilos adultos capazes de te comerem de uma só vez. Nem pensar. Os bichos todos trincam, meu filho. São um perigo.

Durante uma noite, a sonhar muito com estas coisas, comecei a ouvir piar. Parecia-me um pintainho, talvez um filhote das galinhas da vizinha. Sempre a sonhar, fui à janela e pensei em acordar. Se acordasse, pediria um pintainho à minha mãe, que não farão mal nenhum, não são violentos, são só bonitos e divertidos, parecem algodões amarelos com olhos e patas minúsculas. Ouvi mais de perto e era mesmo um canto delicado. Um som elaborado que não faz um bicho qualquer. Percebi, tinha de ser um pássaro, um canário que andava no meu sonho a voar.

Se pudesse acordar, pensei, pedia à minha mãe um canário assim.

Julgava eu que aquilo era um bicho no sonho quando, acordado já de manhã, o continuava a escutar. E para a escola o caminho todo e durante as classes, e depois ao caminho de volta, e durante o dia inteiro, ininterruptamente o pássaro cantava.

Eu disse:

— Mãe, acho que fiquei despreocupado da lucidez. Ouço sempre um pássaro cantar. Talvez só me cure se aprender a voar.

A minha mãe sorriu e eu repeti:

— Quem se vê proibido de amar inventa outra realidade, uma realidade melhor, ainda que seja por fantasia. Vivo na fantasia, mãe.

Depois, calei-me. Sabia perfeitamente o que acontecera. Tinha um pássaro no coração. Era, assim mesmo, o lugar mais decente para aprisionar um animal de estimação.

# O mau lobo

Os lobos farejaram a menina como se toda ela fosse um traço de sangue a percorrer a floresta. Apoquentada com os bolinhos frescos, metidos numa dobra de linho bordado, ela seguia o caminho sem desvios, avisada contra os perigos e para a necessidade de medir inteligentemente o sol. Levava a ansiedade infantil pelo sorriso da avó, que a esperava na sua pequena casa ao centro da clareira, junto ao lago. Se chegasse cedo, ainda nadaria um pouco, entre os peixes coloridos, que a lenda jurava terem sido flores na margem às quais a própria água ensinara a nadar. Da janela do quarto da avó, onde esta se deitava para descansar durante as tardes, via-se bem o lago, era por isso que a senhora dizia coleccionar estrelas. Deitadas à água, cintilavam continuamente, noite e dia, talvez bulidas pelas flores ou pela vontade de tornarem a voar. Ali, a menina tantas vezes nadava, também ela dividida entre ter alma de flor ou de peixe. De tão pura, também a menina cintilava.

As pernas curtas da criança pormenorizavam demasiado o percurso. Eram passinhos pequenos para o gigante da floresta, serviam de veículo lento, por mais que se atarefasse. Pensava sempre que a avó ficaria feliz e que partilhariam os bolos e ainda se contariam histórias e espantariam sempre. Inventavam estórias e esbugalhavam os olhos igual a verem maravilhas. Por isso, mais se aligeirava, distraída na pressa, cheia de antecipação. Talvez por estar distraída, ainda que obediente ao cuidado de por ali andar, a menina não percebeu os lobos indo e vindo mais em redor. Despontando os focinhos entre a vegetação, fungando manhosos, mudos, à espera, pensando. Os lobos pensavam coisas terríveis. Ela só via as árvores e os feixes de luz que desciam em formas acesas por entre as copas cerradas. Parecia-lhe que a floresta se fazia de caixa mágica onde o que se acendia e apagava procurava imitar seres de outro mundo. Seres que se mexiam, quase dando passos iguais aos dela. Era o que sentia, que atravessava a floresta como quem testemunhava uma longa fantasia. Até a sua avó, tão verdadeira e concreta no generoso abraço, lhe chegava a soar como a fantasia enfim perfeita. Claro que teria de apressar-se. Todas as pessoas se apressam quando vão ao encontro da perfeição. É como irem de encontro à felicidade. E os lobos chegavam. Chegavam cada vez mais, silenciosamente encurralando os pontos de fuga. Entendidos entre si como se conversassem meticulosamente acerca da melhor estratégia para caçarem a criança.

De virem tantos e tão urgentes, os lobos ficaram atarantados. Chamavam uns pelos outros, desassossegavam-se à espera de ordens, queriam saber e respeitar quem descobrira tão bela presa. Queriam avançar, depois, pensavam melhor, esperavam. Alguns enfureciam-se, outros, talvez mais espertos, matreiravam com maior paciência. Na confusão, uma loba trouxe o filhote, que brincava com as próprias patas, tropeçando e espanando borboletas. A mãe obrigava-o ao silêncio, mas ele não sabia que gestos eram silentes e que gestos provocavam ruídos. A vida ainda era inteira uma surpresa. O lobito apenas sabia brincar.

Quando passou no estreitinho dos rochedos, entre os rochedos muito altos que criavam uma porta magrinha para o outro lado da floresta, e onde se abriam novas clareiras e até algumas cabanas começavam a aparecer, os lobos assomaram ao cimo para espiarem. Teriam de atacar pouco depois, antes das cabanas, para evitarem que se alertasse algum caçador com o pedido de socorro da preciosa presa. Nervosos, os bichos correram e subiram ou desceram, espalharam-se, outros vieram muito perto, quase precipitando-se sobre a inocente criança. E, sem contarem, ao cimo dos rochedos se pôs a loba com o seu filhote trapalhão que, no exacto momento em que a menina passava entre o alcantilado das rochas, caiu, estatelando-se assustado no chão. Ali ficou, sem mexer mais do que os olhos, meio chorando. O lobito, de haver nascido havia tão pouco tempo, não sabia nem o tamanho das distâncias ou do profundo das quedas. Por ver os pássaros, teria pensado que com um passo chegaria suavemente ao chão ou que talvez das suas costas brotariam asas para seguir até alguma nuvem bonita pairando. A menina, sobressaltada, viu o pequeno animal no chão e imediatamente se inclinou sobre ele. De igual modo, todos os lobos suspenderam a respiração e se afligiram.

A menina sabia já muito bem o tamanho das distâncias e do profundo das quedas. Sem hesitar, tirou do cesto o linho, abriu-o no mais fofo das ervas e retirou os bolinhos do interior. Depois, com mãos de algodão, recolheu o lobito e ali o deitou, cobrindo-o. Aconchegou-o no cesto e, com o cesto muito seguro de encontro ao peito, partiu em corrida. Ficaram os bolinhos desordenados pelo chão, quando logo um grupo de formigas os cobiçaram. A mãe loba, em corrida tanto quanto a menina, descia a encosta e todos os lobos pensavam nela e se lhe juntavam.

A menina era como um traço de sangue sagrado que corria pela floresta. E corria carregando o cesto de maneira a que fosse o mais veloz e perfeita possível. Não conteve as lágrimas. Entendera que precisava de fazer tudo para curar o lobito, seria a única cura para a sua própria tristeza, para as suas lágrimas. O cesto, de tão valioso, seguia-lhe diante do peito como flutuando. Assim chegou à casa bonita da avó.

Os lobos, angustiados, amainaram diante das janelas da velha senhora, bordejando até o lago, por serem muitos, por serem todos. E a avó e a menina, a partir das mesmas janelas sempre abertas, ali os viram finalmente. Eram lobos calados, deitados sobre as patas como fazem os cães mais sensíveis. A menina, confiando nas mezinhas da avó, saiu ao sol ainda limpo da tarde e, embora duvidando de que os animais a pudessem entender claramente, disse: a minha avó vai curar o vosso lobito, não fiquem tristes. A minha avó traz um milagre de cada gesto. A menina sorriu.

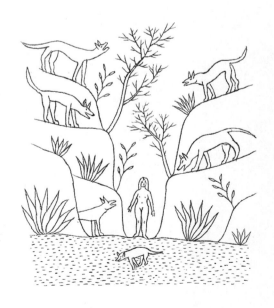

# Quatro velhos

Nas casas antigas sobre o monte, apenas duas tinham gente. Dois casais encarquilhados de velhos, a amar e a desamar a vida tão gratos pela idade quanto cansados de resistir.

Quatro velhos remediados com seus trapos, uns porcos a engordar com cuidado e alguma míngua, galinhas e coelhos, muitas couves, pedras, bichos vadios a passar, um vento sempre demasiado frio. Andavam no monte num vagar grande, sem lonjuras nem sonhos maiores do que as vistas, e ver era já o regalo todo, uma maravilha.

Na rua estreita de casas abandonadas, os dois casais eram assim distintos, o da ponta da igreja e o da ponta do precipício. Mas não era aquilo igreja nenhuma. Apenas um resto de capela pequena, quase só um compartimento ensimesmado. Outrora, havia gente e mais gente e tudo parecia ter tamanho para maior importância que até a capela tinha sempre missa e muita serventia. Agora, estava apenas fechada, que para proteger as estátuas era melhor ninguém andar por ali adentro a espiar.

O casal da ponta do precipício tinha mais vistas e menos convicções na transcendência. Claro que temiam a deus, mas faziam tudo como os cristãos mais distraídos. De verem as vistas, parecia-lhes a imensidão da encosta, o declive tão aguçado, uma coisa bastante, como se bastasse para ser adorada e mais nada. E a vida era adoração.

O casal da ponta da igreja, tão ali à porta, a tomar conta da chave e talvez com maior saudade do movimento, era mais de fanicos de cruzes e benza um e benza outro, qualquer coisa como um contínuo diálogo com o criador que, até então, resultara só em silêncio, muita contenção, alguma vergonha e todos os afazeres. Mas adoravam. E a vida era adoração.

Por uma vez, quiseram os velhos da ponta do precipício que se passasse o ano na sua casa. Consagravam as festas a deus e sempre assim fora mas, por uma só vez, queriam que deus caminhasse a rua estreita, tão breve afinal, e estivesse ali, diante da profundidade da encosta, diante da magnitude do que era o mundo.

Os velhos da ponta da igreja andavam às avessas fazia duas semanas. Duas semanas de bico calado, a cozinharem uma zanga, muito arreliados por se pensar agora em mudar o que era costume. E o ano entra de qualquer maneira, pensavam, o ano há-de chegar, que sempre depois de um vem outro e o que fica é o respeito de deus. Deus fica. Pensavam assim os da ponta da igreja.

Quando se reuniram para o natal, todos mesmamente metidos em xailes, comeram a resmungar quase nada. Resmungavam como se tivessem perdido o conhecimento da palavra. Eram como pedras duras, casmurras, aos encontrões. Talvez fosse pecado passar o natal assim de má vontade, com coisas para dizerem que não diziam, era como estarem a mentir uns aos outros.

Os da ponta do precipício é que tinham feito caminho, como de costume, para a casa dos da ponta da igreja, e isso estava certo, mas faltava ficarem contentes por vir a ser diferente na passagem do ano. Mas não ficavam contentes, as pedras casmurras, tornavam-se cada vez mais fechadas, burras dos afectos. Estavam burras dos afectos.

Naqueles ermos, a festa era uma hora passada a comer e a dizer obrigado pelos pequenos favores de cada dia. Obrigado pelo pão, por passar o pão, por servir a sopa, por ter colocado uma toalha lavada sobre a mesa. Obrigado por haver um banco para sentar. Obrigado pela água fresca, mas também pelo precioso vinho que ainda arranjavam modo de fazer e deixar amadurecer como uma inteligência maior para os momentos maiores da vida.

Nos dias normais, não tinham educações desnecessárias. Falavam-se com os bons dias e as boas tardes mas, depois, não perdiam tempo. Eram como família para ali atirada, uns aos outros, estavam atirados uns aos outros e tinham de se ajudar e suportar. Não era escolha nenhuma, era um destino, e amainavam perante tudo que era do destino por ser a vontade de deus.

O velho da ponta do precipício disse, subitamente, que faziam gosto que a festa do ano pudesse ser lá em casa. Iam engalanar a sala como se fosse de arraial. Vamos pôr a casa bonita como há muito não pomos. É para alegrar as paredes, que até as paredes hão-de pensar em alguma coisa, depois de tantos anos a olhar para o mesmo lugar. Acreditavam que as casas haviam de ganhar inteligência por passarem tanto tempo escutando gente, vendo como a gente diz e faz.

A velha da ponta do precipício sorria, dizia que sim, para concordar com o marido, e esperava que o casal amigo sorrisse também. Queria muito vê-los sorrir, como finalmente contentes por entenderem uma vontade tão simples.

Os da ponta da igreja não encaravam. Custava-lhes pensar naquilo. Um disparate ir para a casa do precipício, onde nem se podia vigiar a igreja, onde nem se estava dentro da aldeia. Aquela casa era já na viragem da paisagem. Era uma casa como a ir-se embora. Que disparate. Para ver os paninhos coloridos, os copos com flores pintadas, os pratos guardados de outros requintes e já todos estalados. Engalanar uma casa como se fosse tempo para essas coisas. Essas manias eram de quem não tinha o que fazer e resultavam sempre num desperdício.

Para engalanar estavam as maneiras, a educação, isso era coisa de ter arrumo e mais cuidado. Mas as casas não, elas só precisavam de estar limpas. A dignidade é que limpa tudo e faz bonito. O velho da ponta da igreja, irritado, disse: a dignidade é que limpa tudo e faz bonito. Os velhos da ponta do precipício, ofendidos, levantaram-se e saíram. Nunca por ali existira um natal tão triste.

Deus havia de estar surpreso com o modo como os poucos velhos daquela aldeia se estavam a desentender. De qualquer forma, surpreso ou não, manteve o silêncio. Não choveu, não acelerou o vento, não mudou nada. Nas janelas a deitar sobre o precipício a escuridão fazia a noite mais calma. Era uma ausência, como se tudo fosse também um precipício ou como se tudo fosse nada. Havia apenas a casa e o casal. Havia a pouca luz, até que se deitaram, entreolharam, quase sorriram, apagaram a luz, viraram nada, sossegados. No sonho, a velha ia jurar que, entretanto, deus choveu.

Estava tudo molhado na manhã cedo. Passava um fio de água que escorria pelos cantos da rua, encanado pelo escavado na pedra. Era sempre assim nas chuvas. O inclinado da aldeia escorria a água que vinha mais de cima e era uma água boa, cristalina, que ia caminho fora rápida e esperta como um gato longo, translúcido.

À revelia de qualquer confirmação, o casal da ponta do precipício começou a pôr a casa de festa. Era muito

bom que tivesse chovido. Estavam os terraços lavados, a pequena varanda, a soleira da porta onde o cão se deitava a largar pulgas. O velho e a velha já viravam as jarras para a frente, mediam o lugar delas sobre os móveis, enchiam-nas com pequenos arranjos de raminhos de pinheiro e pinhas que abriam no lume. Espanaram o pó. Remendaram uma cortina. Puseram sobre o parapeito da janela principal uma fotografia da igreja nos tempos antigos. Quando alguém pensasse no que ia lá fora, veria a igreja na sua melhor multidão e pensaria que estava ali tudo. Tudo ali, como se, através das pessoas, todos os lugares do mundo estivessem juntos.

Depois, puseram botas ao caminho da casa da ponta da igreja. Foram dar os bons dias e ver como ia o depois do natal. Não haveria de ir nada de diferente, que ali não havia diferença para muita coisa. O tempo estava igual havia tanto, que nem a memória sabia como pensar nisso. Não se pensava. Por isso era que lembrar de algo ia para longe, para tantos anos antes que parecia mais fácil saber da infância do que do mês anterior.

E o casal de velhos chegou ao pé do outro casal de velhos e disse bons dias, e ficaram assim dois a olhar para outros dois que puseram os olhos no chão como se estivessem muito ocupados. Fizeram-se de muito ocupados e fungaram outra vez, ainda pedras e burros, e não queriam conversa. E o casal de velhos que olhava insistiu nos bons dias e depois começaram a dizer que tinha chovido e que, como dormiram sossegados, não o perceberam durante a noite, mas que estava frio e um sol bonito ao mesmo tempo e isso dava sinal de muita boa disposição para aquele tempo ainda de natal.

Os velhos da ponta da igreja diziam: pois é, pois é. E não queriam dizer mais nada. Atabalhoados com o não fazerem nada e inventarem que faziam muito, acabaram por se desculpar com coisa nenhuma e entraram. Os velhos da ponta do precipício espantaram-se verdadeiramente. Mal podiam acreditar na má vontade. Estavam de má vontade mais do que era de esperar.

A água acabando de passar, como o gato longo que finalmente terminasse, e eles voltando a descer para a ponta do precipício. Iam atrás do gato que, jovem, corria muito mais veloz. Pensavam naquilo ou em nada, não sabiam o que pensar. Era muito estranho que assim reagissem os amigos, era tão estranho que permitissem nenhuma compaixão numa altura tão especial do ano. A velha disse ao seu velho que aquilo não se ia resolver. O velho respondeu que ia. Ia, sim. Pararam diante de casa, chamaram o cão que se estendera na soleira outra vez. Estava um sol tão bom que apetecia ficar fora de telhas por um bocado. Foram pôr-se de recreio no rebordo do muro. Encostaram-se, quase sentados, no muro muito baixo e atiraram um pau ao cão. O cão era muito gordo e talvez também velho. Corria sem pressas. Parava muito. Talvez tivesse entendido que aquela brincadeira não levava a lugar nenhum. Era sempre a mesma coisa.

Para o casal, no entanto, algo não era o de sempre. Foi a primeira vez numa vida inteira em que, ao mesmo tempo, sentiram como se o mundo debaixo da aldeia se levantasse e tudo inclinasse mais ainda para a boca da queda. Sentiram, como se fosse algo da força de um terramoto ou mão de deus, que o mundo sob os seus pés se inclinou e os seus corpos se puseram a travar com medo de tombarem pelo caminho e, depois, encosta abaixo até à profundeza do riacho. Assustados, os velhos chamaram o cão, não fosse o cão rebolar e morrer. Seguraram-se um ao outro e seguraram o cão. Assim estiveram, enquanto assim se sentiram, assim estiveram. Unidos.

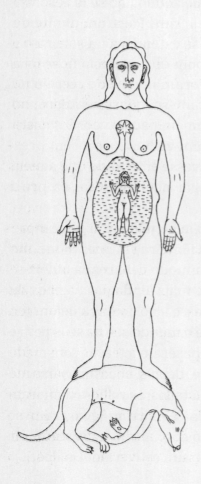

## Nossa Senhora de Vila do Conde

Terá sido por volta de 1987 quando avisaram pelas Caxinas que aparecia a Nossa Senhora na casa de uma mulher no centro de Vila do Conde, a caminho do banco. Contou-se na escola e fez-se um alvoroço. A santa escolhera a nossa terra para um milagre, como se viesse para salvar a todos. Éramos adolescentes, eu teria quinze ou dezasseis anos, estávamos habituados a ser malcriados, pensávamos quase apenas em namorar, e as santidades culpavam-nos de tudo.

O Chiquinho considerava que deveríamos ir ao centro ver a confusão, nem que fosse para nos rirmos da forma circense do milagre. Dizia que haveríamos de chegar e descobrir o truque imediatamente. Eu, com uma infância profundamente marcada pela fé, não admitiria, mas, no fundo, queria que aquela coisa fosse real e nos abençoasse e curasse de malcriadices e desafios hormonais. O Francisco dizia: não penses nas cachopas. Se for uma santa, disfarça, faz-te de burro. Faz de conta que não andamos às cachopas.

Andar não significava ter sucesso algum. Éramos sobretudo tortos, torpes e adiados. As mulheres lamentavam que eu fosse um esquálido monte de ossos, o cabelo lambido, as calças penduradas no umbigo, os olhos mortiços, tristíssimos. O Chiquinho, por seu lado, exagerava nas elegâncias do Sul, tinha uma cultura misturada, era gloriosamente mestiço, e as moças achavam-no aperaltado como se fosse já muito adulto. Fugiam-lhe com medo de tanta gula, tão grandes mãos e boca, tanta palavrinha, contrastando gravemente com meu silêncio. O corpo do Chiquinho descobrira tudo muito mais depressa do que o dos outros rapazes. Ele admitia parecer perigoso, porque precisava urgentemente de amar alguém.

Acabámos por ir ver a Nossa Senhora já um tanto tarde e a luz do sol mudara, não havia mais nada. As poucas pessoas sobrando explicavam que aquilo havia sido um acidental jogo de espelhos provocado pelo sol limpo do dia. A Nossa Senhora vinha projectada pela janela fora, um holograma perfeito que acertava na casa da frente. Mas tinham parado ali multidões em prantos e rezas e a alegria da aparição trouxe ao de cima todas as tristezas. Padeciam de tudo, os vila-condenses. Cheios de dores e tragédias, à santa voando se ajoelharam, e tiveram dificuldade em conter a comoção quando, por maior sobriedade, alguém experimentou fechar a janela do segundo andar, creio que era de um segundo andar, e a santa se apagou imediatamente.

A senhora que descobrira a sua santa voando chamara toda a gente. Ia ser a senhora mais abençoada de todas. Eu nunca soube exactamente de quem se tratava. Lembro-me de chegarmos à loja Biluanas e de haver quem se ria dela, como se tivesse sido pretensiosa por querer uma aparição para si. Era, subitamente, uma vergonha na cidade. Até nas Caxinas, onde a bizarria é banal, se foi avisar, depois, que o próprio padre deu aquilo como uma palermice.

Foi o que primeiro pensei, que aquela mulher se humilhava por ter fé. Era profundamente injusto. Passei noites a sonhar que Nossa Senhora de verdade a fora visitar, desculpando-se por algum equívoco, repondo a alegria daquela dádiva. Como seria lindo se os santos tivessem essa piedade e aparecessem mais vezes, sem dificuldade, sem demora.

Fomos, eu e o Chiquinho, para o pé do rio, onde passava quase ninguém e tínhamos esperança de que algumas raparigas pudessem estar a ver o jardim entre amigas. Tínhamos sempre esperança de encontrar uma namorada. Nunca encontrámos. Ficámos, no entanto, subitamente mais calados. Sermos rapazes e pensarmos nas raparigas parecia pouquinho comparado com algum milagre. Eu disse: tenho pena. Preferia que tivesse sido verdade. E ele, para minha surpresa, respondeu: também.

O ser mentira obrigava-nos ao regresso a um dia normal, sem mais nada senão aquele abandono, aquele adiamento da vida inteira. O Chiquinho dizia: em Lisboa há pessoas casadas com quinze anos de idade, já com filhos. E depois dizia: que sorte. Eu respondia: os pescadores juram que essas pressas só se arranjam no estrangeiro, quando saem para o bacalhau. O Chiquinho dizia: em Lisboa, as pessoas namoram com facilidade porque são mais educadas para o amor. Aqui, neste ermo, só há corações brutos.

A normalidade era entediante e bruta.

Havia um cão por ali, pequeno, enjeitado. Julgo que também nos sentíamos miseráveis porque nem ele nem eu tínhamos autorização para ter um cão. Os cães são milagres abundantes. Haveriam de curar tanta tristeza, se as pessoas o soubessem. Fizemos-lhe festas. Apanhámos pulgas. Eram pulgas santas, consequência de querermos acreditar em algo bom.

# Bibliotecas

As bibliotecas deviam ser declaradas da família dos aeroportos, porque são lugares de partir e de chegar.

Os livros são parentes directos dos aviões, dos tapetes-voadores ou dos pássaros. Os livros são da família das nuvens e, como elas, sabem tornar-se invisíveis enquanto pairam, como se entrassem dentro do próprio ar, a ver o que existe para depois do que não se vê.

O leitor entra com o livro para o depois do que não se vê. O leitor muda para o outro lado do mundo ou para outro mundo, do avesso da realidade até ao avesso do tempo. Fora de tudo, fora da biblioteca. As bibliotecas não se importam que os leitores se sintam fora das bibliotecas.

Os livros são também toupeiras ou minhocas, troncos caídos, maduros de uma longevidade inteira, os livros escutam e falam ininterruptamente. São estações do ano, dos anos todos, desde o princípio do mundo e já do fim do mundo. Os livros esticam e tapam furos na cabeça. Eles sabem chover e fazer escuro, casam filhos e coram, choram, imaginam que mais tarde voltam ao início, a serem como crianças. Os livros têm crianças ao dependuro e giram como carrosséis para as ouvir rir e para as fazer brincar.

Os livros têm olhos para todos os lados e bisbilhotam o cima e o baixo, a esquerda e a direita de cada coisa ou coisa nenhuma. Nem pestanejam de tanta curiosidade. Podemos pensar que abrir e fechar um livro é obrigá-lo a pestanejar, mas dentro de um livro nunca se faz escuro. Os livros querem sempre ver e estão sempre a contar.

As bibliotecas só aparentemente são casas sossegadas. O sossego das bibliotecas é a ingenuidade dos ignorantes e dos incautos. Porque elas são como festas ou batalhas contínuas e soam canções ou trombetas a cada instante. E há invariavelmente quem discuta com fervor o futuro, quem exija o futuro e seja destemido, merecedor da nossa confiança e da nossa fé.

Adianta pouco manter os livros de capas fechadas. Eles têm memória absoluta. Vão saber esperar até que alguém os abra. Até que alguém se encoraje, esfaime, amadureça, reclame o direito de seguir maior viagem. E vão oferecer tudo, uma e outra vez, generosos e abundantes. Os livros oferecem o que são, o que sabem, uma e outra vez, sem se esgotarem, sem se aborrecerem de encontrar infinitamente pessoas novas. Os livros gostam de pessoas que nunca pegaram neles, porque têm surpresas para elas e divertem-se com isso. Os livros divertem-se muito.

As pessoas que se tornam leitoras ficam logo mais espertas, até andam três centímetros mais altas, que é efeito de um orgulho saudável de estarem a fazer a coisa certa. Ler livros é uma coisa muito certa. As pessoas percebem isso imediatamente. E os livros não têm vertigens. Eles gostam de pessoas baixas e gostam de pessoas que ficam mais altas.

Depois da leitura de muitos livros pode ficar-se com uma inteligência admirável e a cabeça acende como se tivesse uma lâmpada dentro. É muito engraçado. Às vezes, os leitores são tão obstinados com a leitura que nem se lembram de usar candeeiros de verdade. Tentam ler só com a luz própria dos olhos, colocam o livro perto do nariz como se o estivessem a cheirar. Os leitores mesmo inteligentes aprendem a ler tudo, até aquilo que não é um livro. Lêem claramente o humor dos outros, a ansiedade, conseguem ler as tempestades e o silêncio, mesmo que seja um silêncio muito baixinho. Alguns leitores, um dia, podem aprender a escrever. Aprendem a escrever livros. São como pessoas com palavras por fruto, como as árvores que dão maçãs ou laranjas. Pessoas que dão palavras.

Já vi gente a sair de dentro dos livros. Gente atarefada até com mudar o mundo. Saem das histórias e vestem-se à pressa com roupas diversas e vão porta fora a explicar descobertas importantes. Muita gente que vive dentro dos livros tem assuntos importantes para tratar. Precisamos de estar sempre atentos. Às vezes, compete-nos dar apoio. Alguns livros obrigam-nos a pôr mãos ao trabalho. Mas sem medo. O trabalho que temos pela escola dos livros é normalmente um modo de ficarmos felizes.

Todos os livros são infinitos. Começam no texto e estendem-se pela imaginação. Por isso é que os textos são mais do que gigantescos, são absurdos de um tamanho que nem dá para calcular. Mesmo os contos, de pequenos não têm nada. Se os soubermos entender, crescemos também, até nos tornarmos monumentais pessoas. Edifícios humanos de profundo esplendor.

Devemos sempre lembrar que ler é esperar por melhor.

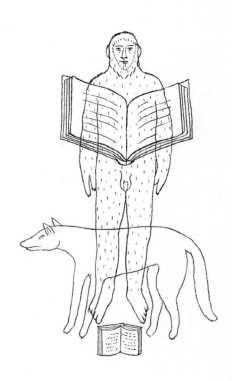

# Nota do autor

Não sei escrever para crianças. Acho que apenas ausculto a sua candura, mas não sei rigorosamente dirigir-me a elas. Sou desajeitado. Os contos que invento ficam arrevesados de ser uma coisa e outra. Talvez sejam a consciência magoada pela evidência de hoje me ter adulto. Ou, mais generosamente, talvez sejam a maturidade que elogia ainda a beleza de se descobrir cada coisa como se pela primeira vez. De qualquer maneira, as crianças precisam de não ser vistas como incapazes. Quanto melhor esperarmos delas melhores serão, maiores serão as suas capacidades e a segurança com que enfrentarão o mundo. As crianças entendem o que nós já deixamos de entender. Deve ser isso que me acossa. A vontade de voltar a entender, o que, para mim, é sempre um modo de manter a capacidade de amar.

O trágico de se escrever para os mais novos está na veiculação de princípios éticos, como se lhes ministrássemos um medicamento através do texto, na expectativa de que possam vir a resultar numa sociedade curada de determinados males. No fundo, restringimos obscenamente a liberdade das crianças, porque não permitimos que apenas se divirtam. Admito, não tenho jeito nenhum para textos que apenas divirtam. Sou muito romântico, quero melhorar o mundo. Mas melhorar o mundo, servindo às crianças uma ética e uma sensibilidade em que acreditamos, é o mesmo que lhes pedirmos que cresçam melhores do que nós. Que abdiquem de crescer grotescas como podemos haver crescido tantos de nós. Isso, para um instante de leitura que talvez só devesse passar perto do que é brincar, é como atirar uma responsabilidade que, na verdade, a criança não pediu para assumir. De certo modo, as crianças têm o direito de crescer tão más quanto nós, quanto a nossa geração, quanto qualquer geração. O problema de termos esperança é sempre e sobretudo nosso. Quero dizer, se eu tivesse filhos haveria de os empanturrar de sensibilidade e valores porque acredito num mundo assim. Como não tenho e escrevo livros que, concretamente, vão ser lidos por crianças que não me pertencem, enfrento dúvidas acerca da validade de lhes levar muita sensibilidade e valores. Por outro lado, toda a literatura é assim, feita com um sonho qualquer, consumida com outro. Em algumas excepções, um sonho e outro haverão de coincidir.

Espero sinceramente que muita gente coincida na vontade de proporcionar melhor aos filhos, até que saibam muito mais do que sabemos nós, até que possam ser felizes muito mais do que alguma vez fomos nós. A felicidade à espera das crianças deve ser um orgulho para as gerações que lhes precedem. Se não servirmos para tal, falhamos. Apenas a felicidade que se pressente pode redimir agruras e falhas.

Muito obrigado ao Mia Couto. As suas palavras são sempre seres com luz própria. Deixam-me muito feliz.

"O menino de água" é para todas as pessoas que acreditam que as crianças não se podem perder pela tragédia do mundo que os adultos criam.

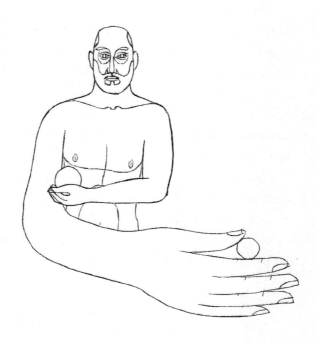

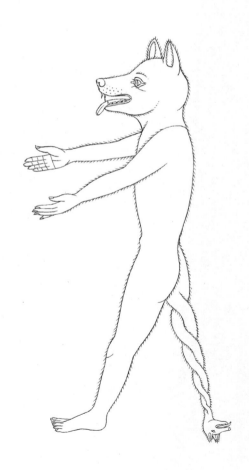

**VALTER HUGO MÃE** é um dos mais destacados autores portugueses da atualidade. Sua obra está traduzida em muitas línguas, tendo um prestigiado acolhimento em países como Alemanha, Espanha, França e Croácia. Pela Biblioteca Azul, publicou os romances *o nosso reino*, *o apocalipse dos trabalhadores*, *a máquina de fazer espanhóis* (Grande Prêmio Portugal Telecom de Melhor Livro do Ano e Prêmio Portugal Telecom de Melhor Romance do Ano), *o remorso de baltazar serapião* (Prêmio Literário José Saramago), *O filho de mil homens*, *A desumanização* e *Homens imprudentemente poéticos*. Escreveu livros para todas as idades, entre os quais: *O paraíso são outros*, *As mais belas coisas do mundo* e *Contos de cães e maus lobos*, também publicados pela Biblioteca Azul. Sua poesia foi reunida no volume *Publicação da mortalidade*. Outras informações sobre o autor podem ser encontradas em sua página oficial no Facebook.

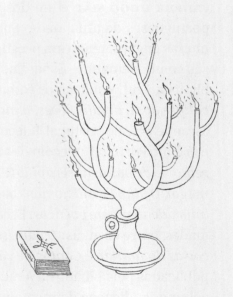

Este livro, composto na fonte Silva,
foi impresso em papel Pólen natural 80 g/m², na gráfica Geográfica,
São Paulo, Brasil, junho de 2022.